16.95

Peau d'Âne

Christine Angot

Peau d'Âne

Stock

Peau d'âne ne connaissait rien, elle habitait une petite ville du centre de la France et n'avait rien vu de très extraordinaire. Sa mère, qui était très belle, l'aimait. Sa mère était juive, mais elle avait demandé à être baptisée, pour être comme ses copines Janine Mouchel, Janine Busseron. Il y avait un mimétisme entre Peau d'âne et sa mère. Un jour, le directeur financier de l'hôpital psychiatrique rattaché à la Sécurité sociale où travaillait sa mère, avait dit, à la suite du Noël de Gireugne, puisque c'était le nom de cet hôpital : c'est incroyable le mimétisme. On était alors dans les années 70, ou à la fin des années 60, c'était la mode des jupes à godets, en tweed, et des pulls chaussettes, et bien sûr des manteaux maxi. La mère de Peau d'âne l'habillait toujours dans le même magasin, avec beaucoup de soins, Chez Caroline. Souvent c'était pour prendre des uniformes bleu marine, des jupes bleu marine, des pulls bleu marine, des chemisiers blancs, et pas de pantalons, ces petites filles n'avaient pas droit aux pantalons, sauf s'ils étaient portés sous les jupes, l'hiver. Les pantalons étaient considérés comme indécents à cette époque. La mère de Peau d'âne n'avait pas le droit d'en porter non plus au début à la Sécurité sociale, le directeur, monsieur Feignon, l'avait interdit. Avec la mère de Peau d'âne monsieur Feignon avait essayé, elle l'appelait le père Feignon, elle ne l'aimait pas. L'école de Peau d'âne était une école de filles, une école privée. Pourquoi? Parce que sa mère, qui était si belle, n'était pas mariée avec le père de Peau d'âne, et à l'époque c'était extrêmement rare. En 58-59 une femme dans une petite ville qui se baladait avec un ventre de femme enceinte, on appelait ça une fille mère, sa mère disait mère célibataire, c'était son combat de dire comme ça. Et de dire qu'elle n'avait pas honte, bien au contraire. Puisque c'était un enfant désiré, voulu, et aimé. De toute sa scolarité, jusqu'à l'âge de 18 ans, Peau d'âne n'aura dans sa classe aucune autre camarade dans sa situation, et une seule fois elle connaîtra une fille dont la mère travaillait. Seules les écoles privées organisaient des cantines à midi, ç'avait été le motif de départ pour mettre Peau d'âne dans une école privée. Ce n'était pas le motif des autres familles. En effet, à cette époque, les femmes ne travaillaient pas. Ou alors elles arrêtaient le jour de leur mariage, ou, au plus tard, le jour de leur premier enfant. La mère de Peau d'âne avait été élevée comme ça elle aussi, mais les choses avaient tourné autrement. Elle était très belle, plusieurs garçons avaient été amoureux d'elle, plusieurs lui avaient proposé le mariage, elle avait toujours refusé. Il lui arrivait parfois de repenser à ce notaire, à ce dentiste, ce chirurgien-dentiste, qui serait allé comme elle disait lui décrocher la lune, mais dont elle n'avait pas voulu. Elle y repensait en se demandant ce que sa vie serait devenue. Et elle concluait systématiquement par : je n'aurais pas eu ma petite Peau d'âne.

Le dentiste, le notaire, et quelques autres, ayant été éconduits, elle avait rencontré le père de Peau d'âne, un jeune homme de Paris, dont le père était l'un des directeurs d'une très grande maison, Michelin, la partie guides, guides verts. Depuis des générations ce jeune homme appartenait à la bourgeoisie française la plus cultivée, la famille venait de Normandie du côté du père, leur nom signifiait Dieu, et même deux fois Dieu, une fois en normand et une fois dans une langue viking, An, et Got. C'était d'ailleurs un jeune homme passionné par l'étude des langues étrangères, qui voulait lire les chefs-d'œuvre dans leur langue d'origine, qui connaissait presque toutes les langues du monde, en tout cas toutes les langues d'Europe. La petite Peau d'âne en rêvait. Elle savait qu'elle avait un père d'une immense culture, la connaissance des langues provoquait chez elle des états passionnés, à l'époque, du temps de son enfance, après ça changera. Même si elle ne l'avait vu qu'une fois, ou deux fois peut-être grand maximum dans sa vie, dont elle n'avait pas de souvenir, pas le moindre souvenir, si ce n'est celui d'une photo que sa mère lui montrait régulièrement, lui disant que cette photo avait été prise par son père, à Gérard-mer, quand elle avait trois ans, au bord du lac, où on voyait la petite fille avec un grand chapeau, qui était celui de sa mère. Sous lequel bien sûr elle disparaissait.

La mère du jeune homme ne travaillait pas, comme aucune mère à l'époque sauf celles qui étaient dans la misère. Toutes les mères, ou presque, des amies de Peau d'âne venaient chercher leurs filles à l'école. La mère de Peau d'âne ne venait que le samedi, elle ne travaillait pas ce jour-là, pour la petite fille c'était une fête, chaque samedi, et une fierté car les autres petites filles étaient saisies de la beauté de sa mère, et le lui disaient. Aux questions concernant son père, elle répondait qu'il était mort, ou parti en voyage, un très long voyage. Mort c'était le plus pratique. Certains soirs magiques, la lumière était allumée dans la cuisine, et elle savait que ça sentait le chocolat chaud, sa mère avait dû rentrer plus tôt, c'était rarissime. Et magique.

Revenons un peu sur les vêtements de Peau d'âne. Comme on l'aura compris, la mère de la petite fille, qui avait de quoi vivre, n'était pas riche. Pourtant, elle s'habillait elle-même et elle habillait sa fille dans les meilleurs magasins de la ville. Elle avait peut-être moins de vête-ments que les autres mais ils étaient plus beaux, mieux choisis, pour ce qui était de la classe, de l'élégance et de la distinc-

tion elle n'était pas tout à fait auto-
didacte, la grand-mère de Peau d'âne
avait été sous le nom d'Augusta manne-
quin quelques années à Paris, et la
famille du grand-père se considérait
comme une famille d'aristocrates. Nous,
les Schwartz. Le grand-père lui-même,
le Juif, était toujours extrêmement bien
mis, les tissus, les coupes, les chapeaux,
les détails, tous les détails qu'on ne
voyait habituellement pas dans cette
petite ville de Châteauroux. Dont une
des rares originalités, et occasions de
s'ouvrir, avait été l'implantation à une
quinzaine de kilomètres d'une base
aérienne après la guerre, La Martinerie.
Ç'avait été le premier poste du jeune
homme, à près de trente ans, il y avait
été engagé comme traducteur. La mère
de Peau d'âne avait commencé à travail-
ler chez un garagiste à l'âge de dix-sept
ans, comme sténo, sténo-dactylo. Son
père avait en effet refusé de lui payer des
études, parce qu'elle refusait de faire
médecine, elle voulait faire des études

commerciales, or lui, ce grand-père juif, qui était parti en Égypte pour ne revenir que quinze ans après pour donner des conseils à tout le monde, voulait avoir une fille médecin, et pas autre chose, il ne voulait pas lui payer des études de commerce, et donc elle avait fait Pigier. Quand Peau d'âne a eu une dizaine d'années, c'était le début des années soixante-dix, tout le monde s'enthousiasmait pour la mode, la mode changeait. L'uniforme avait été supprimé dans l'école, il ne restait que la blouse, bleue, bleu roi, avec le nom cousu dessus, Christine Schwartz, qui était le nom d'état civil de Peau d'âne.

L'uniforme ayant été supprimé, la mode est entrée à l'école. Même s'il y avait la blouse dessus en signe d'égalité ça ne trompait personne. À Châteauroux, un nouveau magasin s'était ouvert pour les enfants. Ça s'appelait Chez Chantal. On y trouvait Renoma, Daniel Hechter, Pierre Cardin, toutes les couleurs et toutes les formes qui arrivaient.

Les associations orange et blanc, toutes les couleurs gaies, mais aussi les rouge et marine qui s'étaient modernisés. Je parle de ça à cause du conte de Peau d'âne, qui insistait déjà. Les manteaux maxi, les mini-jupes, j'en revois plein, je revois tous les détails. Les vêtements de Peau d'âne et ceux de ses amies. Une jupe mini, rouge, avec un losange jaune sur le devant, et à l'intérieur du losange un carré rouge. Il y avait plusieurs variations à partir du même principe, de cette jupe, qui était en jersey, elle connaissait plusieurs filles qui avaient des interprétations différentes du même modèle, ça non plus ça ne se faisait pas avant. Ça se mettait avec des collants, il y avait les collants de couleur. Cette mode, les mères ne l'avaient pas eue. C'était une mode nouvelle pour tout le monde, les mères, et les filles. Il y avait, comme le disait le directeur financier, mimétisme, peut-être, mais pas imitation puisque les deux générations découvraient cette nouvelle mode en même temps, ce était pas la redécouverte d'une période antérieure, un *revival* comme on dirait maintenant, c'était vraiment une mode nouvelle pour tout le monde, les filles et les mères. Tout le monde avait les yeux braqués, dans la rue, sur les filles qui passaient en mini-jupe et en manteau maxi, ça déclenchait aussi beaucoup de quolibets, mais pour la première fois ces filles n'étaient pas des putes, elles étaient à la mode. Au point que les petites filles de l'école privée de la ville allaient chez Chantal pour s'habiller aussi comme ça, dans des mélanges de coton et lin, et dans des couleurs rouille superbe. Les vêtements avaient un sens qu'on n'a plus retrouvé depuis. Les enfants étaient en train d'avoir leur mode et cette mode était sexy. Les premiers enfants sexy. Sexy, c'est-à-dire, gai, drôle, rouge et jaune, qui, c'était la première fois, pouvaient se marier. Rouge et jaune, ça avait toujours été une faute de goût, eh bien non, plus maintenant. Et les collants se déclinaient en toutes sortes de couleurs, bleu, rouille, rouge, tomate, jaune vif, orange vif, et plus seulement chair, bleu marine, noir, blanc, comme quand elle était en primaire. Et pour les femmes adultes le collant signait la fin des bas, ça, c'était une révolution dans leur vie, elles trouvaient ça plus joli, plus pratique, plus élégant, et la fin de la gaine. Quand Peau d'âne a fait sa communion, on était en pleine période peau de pêche. À l'école plusieurs filles avaient acheté des pantalons peau de pêche, tout ça n'était pas gratuit, la mère de Peau d'âne essayait de lui en offrir quand même, et pourtant ses revenus ne venaient pas sous le pas d'un cheval. Dans sa classe il y avait un pantalon peau de pêche marron et un autre rouille. Pierre Cardin avait fait des T-shirts à manches très courtes, très près du corps, avec deux petits boutons montés sur de la toile beige, comme du kraft. Peau d'âne en avait un rouille et une amie à elle un jaune lumineux. Pour sa communion, elle a eu chez Chantal un ensemble pantalon jaune peau de pêche. Elle avait eu beaucoup de mal à choisir, ce jaune ne lui a jamais vraiment convenu, et donc elle l'a peu mis, c'était une couleur trop fragile, ç'avait été un regret. Qui était, comme c'est souvent le cas pour les vêtements, resté secret, un regret qu'elle avait gardé au fond d'elle. Il y a très peu de regrets qu'elle a exprimés. Elle a eu un ciré noir ou peut-être marron, maxi, et un manteau maxi en tweed, une jupe portefeuille en tweed gansée de skaï, qu'elle portait le jour du Noël de Gireugne d'ailleurs, avec le pull chaussette rouille, ou marron, à moins que ce ne soit sa mère, le rouille, et elle le marron, ce jour où le mimétisme était apparu au directeur financier, au point qu'il en avait fait le commentaire après le week-end. Sa mère avait une 4L, bordeaux. Qui sera sa première voiture quand elle réussira enfin à avoir son permis, après quatre échecs. C'est la pratique qui n'ira pas, la conduite. Peau d'âne ne sera pas prudente.

La mère et l'enfant ont quitté la ville au début des années 70. Elles ont quitté cette ville, petite, pour Reims, qui était une ville plus grande. La mère de Peau d'âne commençait à étouffer dans la petite ville, Reims a représenté un espoir, l'espoir d'une nouvelle vie. Elle avait 41 ans, quand elle est partie pour Reims, le père de Peau d'âne n'avait jamais été vraiment remplacé. Elle l'a revu, et elle l'a présenté à sa fille. Peau d'âne était ravie de faire la connaissance de son père, qui était devenu, les années ayant passé, un grand polyglotte, qui parlait trente langues. Deux jours après, elle l'a revu encore, et au moment où elle se couchait, quand il est venu lui dire au revoir dans sa chambre, il lui a roulé une pelle, en lui disant qu'il fallait ouvrir la bouche, que c'était comme ça qu'on embrassait, et qu'on respirait par le nez. Son père a commencé alors à lui offrir des vêtements près du corps, des vêtements de corps, des vêtements de peau, des vêtements qui lui collaient sur le corps. Il lui disait que c'était lui qui avait choisi le prénom, c'était lui qui avait voulu l'appeler Peau d'âne, parce qu'il savait depuis la conception, depuis l'extrême début, il avait repéré depuis longtemps ces vêtements dans des boutiques parisiennes, et il savait qu'il les offrirait un jour à sa fille, c'était donc pour ça qu'il l'avait prénommée Peau d'âne, vêtements qui collent à la peau, comme la peau d'un âne, un âne efflanqué, un pauvre âne, qui n'a rien d'autre à se mettre que sa propre peau qui lui colle aux os. Ce qui était un comble de la part de cet homme, qui, lui, était très à l'aise financièrement. Et dans ses baskets qui étaient des mocassins en cuir fin et ses pardessus qui étaient en cachemire, qui tombaient souplement. Un homme à la démarche élégante. Qui aurait pu habiller Peau d'âne chez Chantal, en Pierre Cardin des pieds à la tête sans mettre à mal l'équilibre du budget familial. Il régnait en effet sur une famille en Alsace, à côté du grand parc de l'Oran-

gerie, c'était restaurant tous les week-
ends et même parfois la semaine. Et
Peau d'âne qui avait ses vêtements collés
sur la peau pendant ce temps. L'hiver
elle avait froid, l'été, les poils lui tenaient
trop chaud. Elle n'arrêtait pas de mettre
des couches de vêtements supplémen-
taires quand elle en trouvait, mais aucun
ne s'accordait avec la couleur si parti-
culière de la peau de l'âne. Mais c'était
devenu son style. Elle avait fini par s'y
faire, même si ça faisait le vide autour
d'elle. Ce vêtement qu'on ne pouvait pas
acheter, pas vendre, qu'on ne trouvait
nulle part, qu'on ne pouvait pas retirer,
et dont il fallait prendre soin
constamment, car c'était de la peau. Il y
avait une photo de sa mère, adolescente,
jouant une pièce de théâtre au patro-
nage, puisque sa mère, juive, avait voulu
être baptisée pour faire comme ses
copines Janine Mouchel ou Janine Busseron, il y avait donc une photo d'une
pièce qu'elles avaient jouée au patro-
nage où la mère de Peau d'âne portait

des oreilles d'âne, un bonnet d'âne, immense. Mais ce n'était qu'un sketch, joué un instant, et immortalisé par une photo, alors que Peau d'âne, à partir de 13-14 ans, a toujours eu ces vêtements collés à la peau, c'était une sensation indiscutable. Elle avait même une robe noire à rayures rouges, dans le sens de la largeur, qui faisaient donc bien le tour de son corps, du haut de la poitrine jusqu'au bas des cuisses. Les jupes ne s'évasaient plus, les godets qui tournaient autour de la silhouette c'était fini. Vers la fin des années soixante-dix la mode avait changé. Les manteaux maxi, les mini-jupes aussi. Il y avait les robes housses, qu'on serrait à la taille ou qu'on laissait vagues pour laisser deviner, que les hommes désapprouvaient, qu'on portait avec des sous-pulls qui collaient, dans des matières le plus souvent acryliques. Il y avait les jupes-culottes. La forme des pulls avait changé, ils blousaient sur le haut du corps pour mieux se resserrer à la taille, avec une large bande de côtes qui faisaient la taille très haute. Les poignets étaient pris très haut aussi. Les articulations et les pliures du corps étaient d'autant plus soulignées que le reste se perdait dans le vague, le flou, le blousant. La mode s'était compliquée avec les années. Les formes évasées avaient complètement disparu, les couleurs vives, primaires, les jaunes vifs, les rouges, terminés aussi. Les couleurs franches et les formes trapèzes, c'était fini. Les couleurs étaient maintenant fondues, c'était ce qu'on appelait des faux rouges, des verts d'eau, des gris mastic, les bleus *tiraient* sur le gris, les blancs sur le beige, des bordeaux, des lie-de-vin. Les bleus turquoise avaient totalement disparu. Totalement. On était en plein kaki. Son père lui avait aussi offert une petite montre au bracelet rigide, en argent. C'était du métal qui lui serrait le poignet. Heureusement le manteau vert que lui avait acheté sa mère, pour l'hiver, qui était rigoureux à Reims, avait une capuche bien enveloppante. Comme

Aurore, la fille de Lagardère, un de ces vêtements gonflés par le vent, que les jeunes filles mettaient sur leur robe au petit matin dans tous ces films de cape et d'épée. Mais un jour, ce manteau, elle n'a pas la moindre idée de comment ça a pu se produire, un jour ce manteau, elle l'a perdu, en plein hiver. Elle était dans un café à Reims, Les Colonnes, en entrant elle l'avait, elle ne l'avait plus en sortant. Disparu. Il n'était plus à la patère où elle l'avait accroché. Alors que sa mère venait de le lui acheter, dans un magasin de Reims qui s'appelait Pénélope. Donc, toute l'adolescence, elle l'a passée dans des vêtements serrés, à la taille, aux poignets, au cou, autour des cuisses, au point qu'il aurait fallu des fentes pour arriver à marcher, et dans des couleurs éteintes.

Elle se rappelle une peau de mouton marron glacé pour affronter les rigueurs de l'hiver rémois. Pendant les années qui ont suivi l'adolescence, ses années de jeune fille, rien de précis n'a eu lieu. Les études, les amis, les premiers garçons. Le permis de conduire. Elle ne voyait plus son père. Il n'y avait plus aucun contact. Les langues ne la fascinaient plus. Ce qu'il en restait c'était juste un DEUG d'anglais, qu'elle avait mené en parallèle à des études de droit beaucoup plus poussées. En droit elle avait été assez loin. Les connaissances non plus ne la fascinaient plus, l'érudition, les esprits encyclopédiques qui englobent tout et vous avec, à seize ans, dix-huit ans, ça avait complètement fini de la fasciner. À vingt ans, on ne peut pas parler de bonheur complet. Mais ça allait. Elle faisait de bonnes études, et elle avait rencontré un garçon qu'elle allait épouser. Donc elle n'avait pas trop à se plaindre. Il y avait évidemment toujours cette peau qui lui collait, ses vêtements la serraient. Mais ce n'était finalement qu'un détail.

Qu'elle a voulu régler. Elle a voulu essayer de maigrir afin que les os aient plus de place, elle ne mangeait plus rien. Peau d'âne est descendue à 41 kilos peu de temps après son mariage. Sa mère habitait en face. Heureusement. Il n'y avait plus de mimétisme. Le style des deux femmes s'était complètement, et définitivement, écarté. Scindé. Et ça doit être à ce moment-là que l'insomnie est entrée dans sa vie, ne plus dormir, ne presque jamais dormir. Que ça ne soit pas grave pendant quelques jours et puis qu'après ça devienne insupportable. Que ça finisse par lui faire mal aux os. Au bas du dos, aux os, aux jambes, avoir toujours envie d'être couchée, mais ne pas pouvoir, dormir toujours debout, encore comme les ânes, pourquoi son père lui avait-il donné ce prénom ? Peau d'âne ? Parce que l'érudition ne la fascinait plus, qu'il savait depuis toujours que ça ne la fascinerait pas longtemps, alors Âne, Peau d'âne ? Elle n'a jamais su. Hi-han était devenu son seul langage, deux mots, hi, et ensuite han, qu'elle modulait à l'infini, mais c'était tout. Hi et ensuite han pour exprimer tout le yin et tout le yang qu'elle avait en elle, et qu'elle avait développés chacun en excès à l'extrême, l'excès de yin l'empêchant de se reposer, l'excès de yang l'empêchant de résister. La nuit, elle gardait les yeux grands ouverts. Sa cousine, qui s'appelait Valérie, lui avait même demandé : est-ce que tu fermes les yeux ? Tout le monde avait des conseils à lui donner. Oui elle fermait les yeux, mais ça ne durait pas, ça se rouvrait. Elle se forçait à les refermer, ça finissait par lui faire mal jusqu'au fond de la gorge, de faire cet effort. Chaque fois qu'elle se couchait, elle faisait cet effort sur elle-même pour que tout se ferme, et puis tout se rouvrait. Alors elle se levait, et alors, en pleine nuit, elle démarrait une journée, sur les flancs dès le matin, fatiguée, en sous-régime tout le temps. Quand quelqu'un lui demandait « ça va ? C'est la forme ? », quoi répondre ? Au début ç'a été la rébellion. La recherche d'acupuncteur, les aiguilles dans les pieds, dans le corps. Les généralistes lui ont proposé des médicaments.

Elle en a beaucoup pris, elle en connaît beaucoup. Elle a connu le Xanax bien sûr, le Stilnox, des traitements de cheval aussi, qu'on ne donne plus maintenant. Il y a même eu une époque où elle faisait un cocktail de tous, plus une tisane avant d'aller se coucher. Plus évidemment le calme qu'elle recherchait systématiquement à partir de dix-neuf heures. Une vie sociale hantée, le soir, par la peur, pendant des années de ne pas pouvoir dormir si la soirée devait se prolonger. Et puis toutes ces années, des gens qui toujours semblaient savoir. Semblaient dire que mais bien sûr que si elle pouvait boire du café. Bien sûr que si. Le café ne fait pas effet avant six heures, donc si elle se couchait dans trois heures, elle dormirait. Alors que, elle, elle savait bien que non. Et le thé c'était pareil parce qu'il y a de la caféine dedans, elle en avait fait la dure expérience lors de son premier séjour en Angleterre, où elle ne s'était pas méfiée, et où elle buvait des tasses de thé au lait avec un plaisir infini, sans comprendre pourquoi elle ne dormait pas, pourquoi elle n'a pas dormi du tout pendant ces quinze jours. Elle avait attribué ça aux draps en nylon qu'avait mis la famille d'accueil dans son lit, et qui lui collaient aux cuisses. À chaque fois qu'elle se retournait dans le lit, les draps de nylon adhéraient à ses cuisses, se défaisaient, en Angleterre elle avait passé les nuits à reborder les draps sans arrêt qui foutaient le camp dès qu'elle bougeait, mais le thé elle n'y avait pas pensé, elle n'avait pas pensé qu'elle était devenue sensible à tout. C'est à son retour que quelqu'un lui a dit : le thé, mais bien sûr le thé c'est un excitant. Puissant. Aujourd'hui tout ça elle le sait. Il y a eu des périodes, de calme, où elle a pu réduire les doses de médicaments. Il y a eu la période où elle a tout arrêté. Elle a arrêté du jour au lendemain en décembre 91. Pendant un mois elle n'a pas fermé l'œil, mais il fallait qu'elle arrête, elle était enceinte. Après la naissance, elle a repris, son médecin voulait qu'elle se repose. Elle n'a plus jamais repris autant de médicaments qu'avant. Bref, il y a eu des hauts et des bas. Mais le baiser de la Belle au bois dormant, elle ne l'a jamais eu. C'est une phase du développement qu'elle a sautée, comme une classe pour les enfants surdoués, qui se retrouvent ensuite avec des plus âgés et qui sont déconnectés. Elle a eu le baiser mais elle n'a pas eu le prince, elle a été la belle mais elle ne pouvait plus se rendormir, il n'y a plus eu le bois, dormant. Elle a été réveillée, oui, de l'enfance, mais par un baiser qui n'a pas marché, qui n'était pas conforme, qui n'était pas le bon, Peau d'âne s'en accommode. Et ça va d'ailleurs, la plupart du temps, témoin cette conversation récente avec sa fille, à qui elle avait demandé de l'aider à choisir un conte :

— J'ai choisi *Le Chat botté* parce que j'aime bien *Le Chat botté*, et que j'en ai marre de toujours voir *Peau d'âne*. Parce que je l'ai vu mille et une fois, alors que *Le Chat botté* je ne l'ai pas vu souvent, enfin si je l'ai vu. Mais comment dire, je n'y mets pas autant d'attention qu'à *Peau d'âne*, je l'ai vu dans un dessin animé il n'y a pas long-temps, et ça m'a rappelé que j'aimais beaucoup *Le Chat botté*, c'est tout. Parce que *Peau d'âne* je le regarde depuis que je suis toute petite et comme je l'ai vu depuis que je suis toute petite, j'adore, moi quand je lis, quand je vois quelque chose qui m'intéresse, je ne regarde plus que ça je ne lis plus que ça, et les autres choses ça s'envole un peu, et je n'aime pas. J'aime bien *Peau d'âne* quand même. Parce que j'aime bien les actrices qui jouent dans le film, Cathe-rine Deneuve, et puis c'est un beau conte de fées. Déjà il y a une fée ce qui est tout à fait normal, il y a un prince, c'est tout à fait normal, et puis il y a des sorcières, il y a une sorcière, mais on ne dirait pas une sorcière puisqu'elle la recueille, elle ne la recueille pas, mais elle lui indique le chemin. C'est un peu le hasard si *Peau d'âne* et le prince se sont mariés parce que tout le monde dans le village dit qu'elle est dégoûtante, qu'elle est sale. La sorcière, c'est une sorcière mais elle n'est pas si méchante que ça, elle ne jette pas tout le temps des mauvais sorts. On ne dirait pas un conte de fées parce que, quand on le lit, ou quand on regarde le film, on dirait plus une aventure fantastique qu'un conte de fées. C'est bizarre comme conte de fées un prince qui découvre une princesse dans une forêt. Puis quand même une histoire qui commence avec un âne qui pond de l'or, enfin qui fait caca de l'or, et qui meurt, et qui meurt pour servir de robe de mariée plus ou moins. C'est assez bizarre, je ne vois pas quelle autre histoire pourrait commencer avec une peau d'âne. C'est bizarre comme robe de mariée. La robe de lune, ou de soleil, ou de beau temps aurait mieux convenu, mais pas pour elle. Ça lui serait bien allé, mais dans une histoire comme ça, elle ne pouvait pas avoir une robe de mariée normale. Le personnage de Peau d'âne, c'était impossible, parce que c'est un conte. C'est le conte qui commence comme ça. Il faut bien qu'il y ait un début quelque part, un conte, il faut bien qu'il y ait un déclic, un truc avec lequel l'histoire commence vraiment, mais c'est bizarre que ce soit avec une robe de mariée. Si on veut faire un truc sur le chat botté pourquoi on parle tout le temps de Peau d'âne ?

— C'est toi qui en parles ma chérie.

— Moi, personnellement je préférerais faire un texte sur le chat botté. Mais un autre conte aurait pu mieux t'intéresser, t'inspirer plutôt. Le chat botté je peux raconter l'histoire, mais c'est trop long. Pourquoi j'aime ça, parce que avant je n'aimais que *Peau d'âne*, et que j'ai vu à la télé *Le Chat botté*, et puis j'aimais bien, et voilà j'aimais bien, j'ai trouvé ça intéressant. Déjà je ne comprends pas pourquoi on l'a appelé le chat botté, parce que bon d'accord c'est rare les chats qui ont des bottes, c'est bizarre mais ce n'est pas ce qu'on remarque le plus dans l'histoire. Alors que dans *Peau d'âne*, oui, parce que c'est à cause de ça que tout le monde la méprise et tout. Dans *Le Chat botté* on remarque un peu tout. Déjà le fait que ce soit un chat qui aille apporter de la nourriture à la reine c'est bizarre, et puis déjà aussi qu'il puisse parler. Parce que un chat, c'est un animal, donc c'est bizarre qu'un animal offre de la nourriture aux nobles, aux reines et aux seigneurs. C'est un animal à quatre pattes, donc il est petit, il est faible, c'est bizarre. C'est petit, c'est faible, ça a quatre pattes, c'est quand même étrange qu'il aille se présenter comme ça à la reine, à la cour. Que le chat improvise, qu'il dise le marquis de Carabas, qu'il se débrouille pour avoir le château d'un géant alors que les autres n'ont pas réussi à le faire.

Donc, elle a été réveillée par le baiser de cet homme qui n'était pas le prince, qui n'était pas le prince charmant. Qui était... on n'a jamais très bien su... certains ont cru voir le roi entrer dans la forêt déguisé en bourgeois. D'autres ont cru voir un botaniste qui faisait mine d'étudier les arbres, au garde qui l'interrogeait il a répondu que c'était pour apprendre leurs noms à la princesse à son réveil. Le garde l'a laissé passer, avec ses loupes, ses scies, ses ciseaux et ses fioles pour recueillir le suc. Le roi connaissait le nom de tous les arbres de son royaume, il pouvait donner un nom à chaque chose. C'était un maniaque de la connaissance. D'autres ont cru voir un étudiant qui s'allongeait sur la mousse avec des livres, des heures sans bouger, à décrypter des caractères illisibles. Donc on n'a jamais su. Tout ce qu'on sait c'est que ce n'était pas le prince charmant, car il n'avait pas de panache, on l'aurait vu de loin. Le lendemain, Peau d'âne était réveillée ça c'est sûr, et elle connaissait le nom des arbres, et elle lisait des caractères illisibles, et elle était capable de percer à jour l'hypocrisie bourgeoise, malgré son jeune âge.

Quelques années avant la naissance de sa fille, elle se levait la nuit pour écrire. Au bout de quelques mois, elle arrivait rayonnante avec un livre, ce qu'elle écrivait la nuit c'étaient des livres. Puisque le bois était réveillé pour elle à jamais, et qu'aucun médicament n'y a jamais rien fait. La nuit sur sa chemise de nuit très large – elle ne supportait plus que les vêtements excessivement larges, elle enfilait les vieux pulls de laine et cachemire troués que le roi avait laissés lors de son dernier voyage, il y en avait un bleu, un gris, elle ne mettait jamais de noir la nuit pour faire les livres, elle n'aimait pas, mais elle enfilait un lainage troué, le plus vieux possible, celui qui traînait depuis le plus longtemps possible, jamais quelque chose qui lui appartenait, toujours un vieux vêtement qu'un étranger avait laissé et qu'il avait oublié de réclamer, et elle écrivait des pages et des pages, et au bout de quelques mois ou de quelques semaines, rayonnante elle arrivait en disant : j'ai fait un livre. Et elle voulait le faire lire à tout le royaume. Mais son esprit malade l'empêchait d'écrire quelque chose de compréhensible, ça n'avait pas le moindre intérêt. Donc, elle dépérissait. Elle se désespérait. Elle commençait à devenir folle. Elle ne dormait plus du tout, elle était triste, donc un jour le CNL, Centre national du livre, qui était l'organisme qui décidait des publications dans le royaume, a décidé de publier ses livres, par une sorte de pitié. Et là, ç'a été mieux, ça lui a fait du bien. Il y avait des sujets de temps en temps qui les achetaient, c'étaient des titres comme Vu du ciel, Vu du soleil, Vu de la lune, Vu du temps, Vu de l'or, Vu des étoiles, Vu de la ville, Vu du Brésil. Des vues de l'esprit, des vues de son esprit malade, qui tournaient en rond, qui redécrivaient sans arrêt les robes qu'elle avait portées enfant. On aurait dit qu'il n'y avait que ça qui comptait pour elle, les robes. Vu du temps c'était l'histoire d'une jupe de sa mère, en tapisserie, serrée à la taille puis s'évasant très large, avec des plis plats, c'était la mode des années cinquante, c'était une jupe noire avec des fleurs de couleur, ça n'intéressait personne. Personne, absolument personne, l'histoire des vieilles jupes de sa mère. Vu de l'or c'était l'histoire d'une petite grenouillère bleu ciel. Tout le monde se moquait d'elle.

Au point qu'elle a dû quitter le village. Elle ne pouvait plus traverser le village sans essuyer des quolibets. Ça recommençait. Des moqueries, des quolibets, des rires sur son passage. Certains allaient même lui dire en face : Vu du Brésil c'est de la merde, c'est rien, tu m'entends, demain moi si je veux j'en fais autant, moi aussi j'ai des vieilles robes. La seule question qu'elle se posait c'était : pourquoi est-ce qu'on ne me respecte pas ? Pourquoi est-ce qu'on ne m'a jamais respectée ? Les gens disaient qu'elle puait, que c'étaient ces vieux pulls qu'elle mettait la nuit pour écrire qui sentaient la bouse de vache, de vieille vache, de vieille ferme, de vieil âne. Mais elle ne voulait pas les laver, elle disait : non, ils ont l'odeur du temps. Elle adorait les lendemains de pluie, l'odeur de la terre. Elle adorait les arcs-en-ciel, c'était à ça qu'elle se raccrochait.

Le reflet de la lumière dans les gouttes d'eau, violet, indigo, bleu, vert, orange, rouge.

Un jour, le roi est mort. Un 2 novembre. On pense qu'il n'a pas supporté la description dans le détail d'un maillot de corps qui lui appartenait, une description très exacte, très réaliste, très émotive, que Peau d'âne avait glissée dans Vu du miroir. Les sujets ne s'y intéressaient pas, un maillot de corps ça n'intéressait personne, mais le roi en était mort. De voir sa fille tomber si bas, elle qui aurait pu devenir princesse. Ou si elle voulait faire des livres, écrire sur les arcs-en-ciel puisqu'elle aimait ça. On ne sait pas ce qui s'est passé. Personne n'a compris. Personne ne sait. Pourquoi Peau d'âne n'a jamais épousé un grand prince. Un jour, sa mère avait invité à dîner, ce jour-là Peau d'âne portait un pull rouge serré et un pantalon marron, c'était le début des années quatre-vingt, la mode du moulant était de retour. Juste avant l'arrivée du jogging et des chaussures de sport, qui allaient complètement révolutionner l'apparence des familles. Ce jour-là sa mère avait invité à dîner le prince de la Sécurité et de la Scolarité, un prince doux, rassurant, calme, intelligent, compréhensif. Il est devenu le père de sa fille, et puis un jour il est parti. Décidément les contes de fées n'existaient pas.

Puis Peau d'âne, contre toute attente, est devenue à la mode. Son vêtement fétiche, la peau d'âne, se déclinait dans les collections les plus chic. Et il y avait même au Nain Bleu une poupée revêtue d'une peau d'âne, qui était restée en vitrine pendant toute la période des fêtes de Noël. Les gens ne se rendaient pas compte que c'était un vêtement exceptionnel à ne revêtir qu'en cas d'urgence. Et à quitter le plus vite possible comme Peau d'âne qui essayait de s'en débarrasser, et qui avait donc toujours de ces gestes saccadés qu'on fait quand on veut quitter un gilet, comme si elle essayait de faire glisser quelque chose de sa peau, quelque chose qui n'était pas elle mais une défroque qu'on essayait depuis toujours de lui faire porter, comme on dit porter le chapeau. Elle ne portait jamais de chapeau, elle ne supportait pas d'avoir la tête enfermée. Elle ne portait jamais de gants, elle ne portait pas de chaussures, pas de montre, pas de bague, pas de collier, pas d'anneaux dans les oreilles. Mais un jour des mécènes l'avaient invitée à venir passer des vacances dans leur propriété. Dans une île du Sud, au milieu de la Méditerranée. Un couple. Des gens riches. Qui avaient décidé de l'adjoindre à leur petit noyau amical. Elle qui n'avait jamais réussi à avaler le noyau d'aucun fruit, jamais. La femme était très riche, une riche héritière, elle avait dit à Peau d'âne au téléphone que son père n'était pas son père, qu'un jour elle lui avait fait part de ses doutes, et il avait répondu, paraît-il : si je ne suis pas ton père, j'aimerais bien le savoir, ça m'arrangerait bien, je pourrai coucher avec toi. Les gens lui disaient des trucs comme ça après avoir lu *Vu du tricot de peau*, qui était le sous-titre de *Vu du miroir*, beaucoup lui parlaient des fantasmes qu'il y avait eu dans leur entourage. Le mari lui avait dit, un jour dans l'île du Sud, un soir au restaurant sur le port, un restaurant tenu par une femme écrivain qui avait eu le prix de l'Académie royale pour un roman qui s'appelait *La princesse de M.*, un roman dont le vocabulaire dépassait de loin celui de Peau d'âne, hi-han. *La princesse de M., roman,* sous-titré *L'amour, roman,* sous-titré *L'académie, roman,* et dédié au président de l'Académie, romancier. Ils étaient là. À table. Sur le port. Les gens passaient. Le mari lui avait dit : tu sais quelle est la devise de la famille ? Je ne devrais peut-être pas le dire devant toi, c'est : *Sex is nice but incest is best because it stays in the family*. Ah ah ah ah. Avait répondu tout le monde, les quatre personnes qui étaient là, et Peau d'âne avait pensé en elle-même hi-han. Mais elle n'avait rien dit, elle avait fait : ah ah ah ah. Un jour à midi, il faisait très chaud, c'était aussi un jour d'été, mais dans la ville, avant de partir dans l'île, il n'avait pas plu depuis quarante jours, l'air était sec, chaud, on ne pouvait pas circuler en métro et les bus, ce n'était pas comme dans le Sud, refusaient de rouler porte ouverte, les gens dégoulinaient. Mais le couple avait une voiture climatisée avec chauffeur et ils étaient allés la chercher. Elle était déjà en sueur au bout de cinq minutes d'attente sur le trottoir. La femme lui a tendu un paquet, en lui disant : tiens, regarde, je te fais un cadeau. C'était peu avant d'aller dans l'île. Elle l'a ouvert. Il contenait un bracelet magnifique qui se refermait avec des vis et qu'on n'enlevait plus jamais de sa vie. Un bracelet en or massif. Elle qui ne portait aucune bague, aucun bracelet, aucun anneau, aucun lien, aucune gourmette, aucune chevalière. Elle aurait rêvé qu'un prince le lui offre, pour retourner le mauvais sort du mauvais réveil dans le bois dormant, dont j'ai parlé tout à l'heure. J'ai dit qu'on n'avait jamais très bien su qui l'avait réveillée. Certains ont reconnu le roi, et ont retrouvé au matin des bouts d'ongles par terre au pied d'un arbre dont j'ai oublié le nom, c'était un arbre dont le roi parlait souvent, dont il aimait les racines, il connaissait jusqu'au nom de la mousse qui poussait au pied de cet arbre, et il disait que si cet arbre pouvait dire ses secrets, la connaissance n'aurait plus de limites. Il voulait repousser les limites de la connaissance à l'infini mais à sa ceinture le roi portait toujours un coupe-ongles car il avait peur de se griffer en passant sa main derrière son oreille pour remettre ses cheveux, sa mèche rebelle. Ou alors ce n'était pas lui on n'a jamais su. Ce qu'on sait de façon certaine, c'est que le lendemain matin, Peau d'âne connaissait le nom de tous les arbres, et que c'était trop, ça faisait trop de noms, trop de choses, trop, et que, oui bien sûr elle était contente d'être réveillée, mais là c'était trop. On ne pouvait jamais regretter d'être réveillée, mais là c'était beaucoup trop. Trop, ça lui faisait trop de choses en tête, trop d'informations étaient arrivées d'un coup, trop de découvertes, et le mystère n'était pas résolu pour autant. On n'a jamais su qui avait réveillé Peau d'âne au moment où elle ne s'y attendait pas. En soi ce n'est pas très grave. Elle ne s'y attendait pas, elle avait la peau sur ses os, rien d'autre quand le faux prince est arrivé, rien, pas de robe de bal. Pas de jupe qui tourne. Ce n'était pas très grave, en soi. Le seul désagrément c'était de se sentir tellement à l'étroit dans les vêtements au moment de se déshabiller,

la peau ça colle, comme le nylon, et surtout il n'y avait rien à enlever, pas
d'effeuillage. Tellement serrée. La mar-
guerite n'avait plus que le cœur, un peu,
beaucoup, à la folie, pas du tout, comment savoir, on n'a jamais su qui c'était,
et il n'y a jamais rien eu à effeuiller. Qui
a fait irruption dans le bois dormant ?
Qui ? Certains ont cru voir un bourgeois, mais comment savoir ? Pour
rompre le mauvais sort elle imaginait
parfois un prince, parfois un mariage,
parfois un bijou, et ce bijou elle se
disait : je ne l'enlèverais jamais. Alors
que tout ce qu'elle portait, tout ce
qu'elle avait, elle essayait toujours de le
retirer, comme on retire un vêtement
facile, qui glisse, en le faisant tomber par
secousses, au point qu'elle avait une
démarche un peu tremblée, les gestes
saccadés de ces personnes qui enlèvent
un manteau d'un coup d'épaule. Le sien
était imaginaire, il ne partait pas, un
bijou, elle aurait tellement voulu le garder qu'elle aurait arrêté de se secouer

pour essayer de perdre absolument quelque chose qu'elle avait en trop. Alors qu'elle n'avait plus rien déjà depuis toujours. Qu'elle avait *l'impression* d'avoir en trop, tout ça c'était imaginaire, c'était dans son esprit malade.

Les mécènes avaient l'habitude des fous, les mécènes avaient l'habitude des artistes, les artistes étaient tous fous, les mécènes aimaient bien, ça ne les dérangeait pas. La femme riche lui a offert le bracelet, lui a mis les vis. Le lendemain, le lendemain à la même heure, elle se promenait dans la rue, et elle a rencontré un prince, pour la première fois de sa vie, un vrai prince, pas un prince qui a été invité par sa mère à dîner, un vrai prince étranger, un vrai prince à la peau mate et aux cheveux noirs. Il l'a suivie, l'a invitée à boire un verre, dans un café, c'était l'été, elle avait les bras nus, elle a levé son verre, il lui a dit : ce bracelet, que vous avez, un jour je vous l'aurais offert si vous ne l'aviez pas déjà eu. Cet homme qu'elle ne connaissait pas, elle se met à pleurer devant lui, hi-han, hi-han, elle ne peut plus s'arrêter. Il lui dit que ce n'est pas grave, qu'il lui offrira autre chose, mais qu'il faut qu'elle arrête de faire ces bruits, que les bijoutiers il y en a plein, qu'il y a plein de belles bagues, plein de beaux bracelets. Hi-han, hi-han. Et que ça ne tombe pas si mal, parce que en ce moment il est un peu à court, il faut qu'il paye la pension alimentaire de ses enfants. Mais qu'ils ont la vie devant eux, qu'ils feront plein de voyages, qu'ils auront plein d'enfants, que, un jour, ils vont se marier, ils iront à New York un jour, et en Égypte, oui, ils iront aussi. Et en Afrique, en Afrique noire, oui. Et au Maroc aussi. En Espagne, à Séville. À Madrid. En Sicile, à Ségeste, à Palerme, à Syracuse, partout. À Rome bien sûr, à Venise. En Toscane, à Sienne, en Corse, en Sardaigne. Sur les îles du Nord aussi, oui. Aussi. En Écosse et en Irlande. Et ils retourneront sur la côte normande, sur la Côte d'Azur, sur la Côte d'Opale, sur la Côte d'Ivoire, d'Émeraude, de

Diamant, la Côte blanche, la Côte d'Or, d'Argent, de lumière, de temps, sur la côte des vents, oui, aussi. Et en bateau, oui, en pleine mer, et ils traverseront l'Atlantique en bateau. Ils feront tout ça. La Baltique, la mer Baltique. Adriatique. Noire, Morte, Rouge. Et bien sûr aussi l'Europe centrale, ils ne l'oublieront pas. Vienne, Prague, Budapest, le ciel est très bleu là-bas. Et en Égypte, oui. Mais bien sûr. Bien sûr qu'ils auront le temps de tout faire. Non, il n'est pas trop tard. Bien sûr il aurait aimé la rencontrer avant, mais non il n'est pas trop tard. Ils feront tout. « On fera tout ça. » L'Égypte bien sûr, Assouan, les felouques. Et les châteaux de la Loire, oui. Avec sa fille, oui. À l'automne bien sûr, ou au printemps. Tout le royaume, ils visiteront tout le royaume. Et ils n'en laisseront pas une miette à la mort. Leurs yeux verront tout ce qu'il y a à voir, tout ce qu'il y a à voir sur terre, tout. Tout, un jour. Et surtout. Surtout. Violet, indigo, bleu, vert, orange, rouge. Après chaque passage de pluie, la réfraction de la lumière dans les gouttes d'eau, les arcs-en-ciel, et ils s'accrocheront à ça. Et quand ça disparaîtra, il y aura toujours ce qu'on appelle la rémanence derrière les paupières. Le souvenir. Et en attendant, la projection, c'est bien aussi. En attendant, chaque fois qu'ils passaient devant une bijouterie, si elle pleurait, le prince lui disait « arrête de braire ». Pendant ce temps-là, sa fille jouait à chat à l'école. Chat glacé, chat bougie, chat perché, araignée, sorcière, elle connaissait plusieurs variations du jeu. Elle jouait aussi à l'élastique. Là aussi il y avait des variations, partie chinoise, casserole.

Pour casserole, il faut jouer à beaucoup pas seulement à trois. Ils se mettent tous dans l'élastique et il y en a un qui dit un nom de repas dégoûtant, ou bon, mais en général dégoûtant. Si ils n'aiment pas, ils doivent sortir de l'élastique. Celui qui reste, qui n'arrive pas à en sortir ça veut dire qu'il aime ça. Ou parfois au lieu d'un plat, ils disent le nom d'une personne, celui qui reste dans l'élastique, qui n'arrive pas à en sortir, ça veut dire qu'il ou elle, est amoureuse du nom qui a été prononcé.

PEAU D'ÂNE

Conte de Charles Perrault

À MADAME LA MARQUISE DE L***

Il est des gens de qui l'esprit guindé,
  Sous un front jamais déridé,
    Ne souffre, n'approuve et n'estime
    Que le pompeux et le sublime;
  Pour moi, j'ose poser en fait
Qu'en de certains moments l'esprit le
                          [plus parfait
Peut aimer sans rougir jusqu'aux
                          [Marionnettes;
    Et qu'il est des temps et des lieux
    Où le grave et le sérieux
  Ne valent pas d'agréables sornettes.
    Pourquoi faut-il s'émerveiller
    Que la Raison la mieux sensée,
    Lasse souvent de trop veiller,
    Par des contes d'Ogre et de Fée

Ingénieusement bercée,
Prenne plaisir à sommeiller ?

Sans craindre donc qu'on me
                              [condamne
De mal employer mon loisir,
Je vais, pour contenter votre juste désir,
Vous conter tout au long l'histoire de
                              [Peau d'Âne.

Il était une fois un Roi,
Le plus grand qui fût sur la Terre,
Aimable en Paix, terrible en
                              [Guerre,
Seul enfin comparable à soi :
Ses voisins le craignaient, ses États
                              [étaient calmes,
Et l'on voyait de toutes parts
Fleurir, à l'ombre de ses palmes,
Et les Vertus et les beaux Arts.
Son aimable Moitié, sa Compagne
                              [fidèle,
Était si charmante et si belle,
Avait l'esprit si commode et si doux
Qu'il était encor avec elle

Moins heureux Roi qu'heureux
[époux.
De leur tendre et chaste Hyménée
Plein de douceur et d'agrément,
Avec tant de vertus une fille était née
Qu'ils se consolaient aisément
De n'avoir pas de plus ample lignée.

Dans son vaste et riche Palais
Ce n'était que magnificence;
Partout y fourmillait une vive
[abondance
De Courtisans et de Valets;
Il avait dans son Écurie
Grands et petits chevaux de toutes les
[façons;
Couverts de beaux caparaçons,
Roides d'or et de broderie;
Mais ce qui surprenait tout le monde en
[entrant,
C'est qu'au lieu le plus apparent,
Un maître Âne étalait ses deux grandes
[oreilles.
Cette injustice vous surprend,

Mais lorsque vous saurez ses vertus
                              [nonpareilles,
Vous ne trouverez pas que l'honneur
                              [fût trop grand.
  Tel et si net le forma la Nature
      Qu'il ne faisait jamais d'ordure,
      Mais bien beaux Écus au soleil
      Et Louis de toute manière,
Qu'on allait recueillir sur la blonde
                              [litière
      Tous les matins à son réveil.

      Or le Ciel qui parfois se lasse
      De rendre les hommes contents,
Qui toujours à ses biens mêle quelque
                              [disgrâce,
      Ainsi que la pluie au beau temps,
      Permit qu'une âpre maladie
Tout à coup de la Reine attaquât les
                              [beaux jours.
      Partout on cherche du secours;
Mais ni la Faculté qui le Grec étudie,
      Ni les Charlatans ayant cours,
Ne purent tous ensemble arrêter
                              [l'incendie

58

Que la fièvre allumait en s'augmentant
[toujours.

Arrivée à sa dernière heure
Elle dit au Roi son Époux :
« Trouvez bon qu'avant que je
[meure
J'exige une chose de vous ;
C'est que s'il vous prenait envie
De vous remarier quand je n'y serai
[plus...
– Ah ! dit le Roi, ces soins sont
[superflus,
Je n'y songerai de ma vie,
Soyez en repos là-dessus.
– Je le crois bien, reprit la Reine,
Si j'en prends à témoin votre amour
[véhément ;
Mais pour m'en rendre plus
[certaine,
Je veux avoir votre serment,
Adouci toutefois par ce tempérament
Que si vous rencontrez une femme plus
[belle,
Mieux faite et plus sage que moi,

Vous pourrez franchement lui donner
                                    [votre foi
     Et vous marier avec elle. »
     Sa confiance en ses attraits
Lui faisait regarder une telle promesse
   Comme un serment, surpris avec
                                    [adresse,
     De ne se marier jamais.
Le Prince jura donc, les yeux baignés de
                                    [larmes,
        Tout ce que la Reine voulut;
        La Reine entre ses bras mourut,
Et jamais un Mari ne fit tant de
                                    [vacarmes.
À l'ouïr sangloter et les nuits et les
                                    [jours,
On jugea que son deuil ne lui durerait
                                    [guère,
     Et qu'il pleurait ses défuntes
                                    [Amours
Comme un homme pressé qui veut
                                    [sortir d'affaire.

On ne se trompa point. Au bout de
                                    [quelques mois

Il voulut procéder à faire un nouveau
[choix;
Mais ce n'était pas chose aisée,
Il fallait garder son serment
Et que la nouvelle Épousée
Eût plus d'attraits et d'agrément
Que celle qu'on venait de mettre au
[monument.

Ni la Cour en beautés fertile,
Ni la Campagne, ni la Ville,
Ni les Royaumes d'alentour
Dont on alla faire le tour,
N'en purent fournir une telle;
L'Infante seule était plus belle
Et possédait certains tendres appas
Que la défunte n'avait pas.
Le Roi le remarqua lui-même
Et brûlant d'un amour extrême,
Alla follement s'aviser
Que par cette raison il devait l'épouser.
Il trouva même un Casuiste
Qui jugea que le cas se pouvait
[proposer.
Mais la jeune Princesse triste

D'ouïr parler d'un tel amour,
Se lamentait et pleurait nuit et jour.

De mille chagrins l'âme pleine,
Elle alla trouver sa Marraine,
Loin, dans une grotte à l'écart
De Nacre et de Corail richement
                              [étoffée.
C'était une admirable Fée
Qui n'eut jamais de pareille en son
                              [Art.
Il n'est pas besoin qu'on vous die
Ce qu'était une Fée en ces bienheureux
                              [temps;
Car je suis sûr que votre Mie
Vous l'aura dit dès vos plus jeunes
                              [ans.

« Je sais, dit-elle, en voyant la
                              [Princesse,
Ce qui vous fait venir ici,
Je sais de votre cœur la profonde
                              [tristesse;
Mais avec moi n'ayez plus de souci.

Il n'est rien qui vous puisse nuire
Pourvu qu'à mes conseils vous vous
                              [laissiez conduire.
Votre Père, il est vrai, voudrait vous
                              [épouser;
        Écouter sa folle demande
        Serait une faute bien grande,
Mais sans le contredire on le peut
                              [refuser.

        Dites-lui qu'il faut qu'il vous
                              [donne
        Pour rendre vos désirs contents,
Avant qu'à son amour votre cœur
                              [s'abandonne,
Une Robe qui soit de la couleur du
                              [Temps.
Malgré tout son pouvoir et toute sa
                              [richesse,
Quoique le Ciel en tout favorise ses
                              [vœux,
Il ne pourra jamais accomplir sa
                              [promesse. »

Aussitôt la jeune Princesse
L'alla dire en tremblant à son Père
                              [amoureux
      Qui dans le moment fit entendre
      Aux Tailleurs les plus importants
Que s'ils ne lui faisaient, sans trop le
                              [faire attendre,
Une Robe qui fût de la couleur du
                              [Temps,
Ils pouvaient s'assurer qu'il les ferait
                              [tous pendre.

      Le second jour ne luisait pas encor
      Qu'on apporta la Robe désirée;
      Le plus beau bleu de l'Empyrée
N'est pas, lorsqu'il est ceint de gros
                              [nuages d'or,
      D'une couleur plus azurée.
De joie et de douleur l'Infante pénétrée
      Ne sait que dire ni comment
      Se dérober à son engagement.
      « Princesse, demandez-en une,
      Lui dit sa Marraine tout bas,
      Qui plus brillante et moins
                              [commune,

Soit de la couleur de la Lune.
Il ne vous la donnera pas. »
À peine la Princesse en eut fait la
                              [demande
Que le Roi dit à son Brodeur :
« Que l'astre de la Nuit n'ait pas plus
                              [de splendeur
Et que dans quatre jours sans faute on
                              [me la rende. »

Le riche habillement fut fait au jour
                              [marqué,
Tel que le Roi s'en était expliqué.
Dans les Cieux où la Nuit a déployé ses
                              [voiles,
La Lune est moins pompeuse en sa robe
                              [d'argent
Lors même qu'au milieu de son cours
                              [diligent
Sa plus vive clarté fait pâlir les étoiles.

La Princesse admirant ce merveilleux
                              [habit,
Était à consentir presque délibérée;
Mais par sa Marraine inspirée,

Au Prince amoureux elle dit :
« Je ne saurais être contente
Que je n'aie une Robe encore plus
                              [brillante
   Et de la couleur du Soleil. »
Le Prince qui l'aimait d'un amour sans
                              [pareil,
Fit venir aussitôt un riche Lapidaire
   Et lui commanda de la faire
D'un superbe tissu d'or et de diamants,
Disant que s'il manquait à le bien
                              [satisfaire,
Il le ferait mourir au milieu des
                              [tourments.

Le Prince fut exempt de s'en donner la
                              [peine,
   Car l'ouvrier industrieux,
   Avant la fin de la semaine,
 Fit apporter l'ouvrage précieux,
   Si beau, si vif, si radieux,
   Que le blond Amant de Clymène,
   Lorsque sur la voûte des Cieux
   Dans son char d'or il se promène,

66

D'un plus brillant éclat n'éblouit pas les
[yeux.

L'Infante que ces dons achèvent de
[confondre,
À son Père, à son Roi ne sait plus que
[répondre.
Sa Marraine aussitôt la prenant par la
[main :
    « Il ne faut pas, lui dit-elle à l'oreille,
        Demeurer en si beau chemin ;
        Est-ce une si grande merveille
    Que tous ces dons que vous en
[recevez,
        Tant qu'il aura l'Âne que vous savez,
    Qui d'écus d'or sans cesse emplit sa
[bourse ?
Demandez-lui la peau de ce rare
[Animal.
        Comme il est toute sa ressource,
Vous ne l'obtiendrez pas, ou je raisonne
[mal. »

        Cette Fée était bien savante,
        Et cependant elle ignorait encor

Que l'amour violent pourvu qu'on le
[contente,
Compte pour rien l'argent et l'or ;
La peau fut galamment aussitôt
[accordée
Que l'Infante l'eut demandée.

Cette Peau quand on l'apporta
Terriblement l'épouvanta
Et la fit de son sort amèrement se
[plaindre.
Sa Marraine survint et lui représenta
Que quand on fait le bien on ne doit
[jamais craindre ;
Qu'il faut laisser penser au Roi
Qu'elle est tout à fait disposée
À subir avec lui la conjugale Loi,
Mais qu'au même moment, seule et bien
[déguisée,
Il faut qu'elle s'en aille en quelque État
[lointain
Pour éviter un mal si proche et si
[certain,

« Voici, poursuivit-elle, une grande
[cassette

68

Où nous mettrons tous vos habits,
Votre miroir, votre toilette,
Vos diamants et vos rubis.
Je vous donne encor ma Baguette;
En la tenant en votre main,
La cassette suivra votre même chemin
Toujours sous la Terre cachée;
Et lorsque vous voudrez l'ouvrir,
À peine mon bâton la Terre aura
                              [touchée
Qu'aussitôt à vos yeux elle viendra
                              [s'offrir.

Pour vous rendre méconnaissable,
La dépouille de l'Âne est un masque
                              [admirable.
Cachez-vous bien dans cette peau,
On ne croira jamais, tant elle est
                              [effroyable,
Qu'elle renferme rien de beau.
La Princesse ainsi travestie
De chez la sage Fée à peine fut sortie,
Pendant la fraîcheur du matin,
Que le Prince qui pour la Fête
De son heureux Hymen s'apprête,
Apprend tout effrayé son funeste destin.

69

Il n'est point de maison, de chemin,
                              [d'avenue,
      Qu'on ne parcoure promptement;
      Mais on s'agite vainement,
On ne peut deviner ce qu'elle est
                              [devenue.

Partout se répandit un triste et noir
                              [chagrin;
      Plus de Noces, plus de Festin,
      Plus de Tarte, plus de Dragées;
Les Dames de la Cour, toutes
                              [découragées,
      N'en dînèrent point la plupart;
Mais du Curé surtout la tristesse fut
                              [grande,
      Car il en déjeuna fort tard,
      Et qui pis est n'eut point
                              [d'offrande.

L'Infante cependant poursuivait son
                              [chemin,
Le visage couvert d'une vilaine crasse;
      À tous Passants elle tendait la
                              [main,

Et tâchait pour servir de trouver une
[place.
Mais les moins délicats et les plus
[malheureux
La voyant si maussade et si pleine
[d'ordure,
Ne voulaient écouter ni retirer chez eux
Une si sale créature.

Elle alla donc bien loin, bien loin, encor
[plus loin;
Enfin elle arriva dans une Métairie
Où la Fermière avait besoin
D'une souillon, dont l'industrie
Allât jusqu'à savoir bien laver des
[torchons
Et nettoyer l'auge aux Cochons.
On la mit dans un coin au fond de la
[cuisine
Ou les Valets, insolente vermine,
Ne faisaient que la tirailler,
La contredire et la railler,
Ils ne savaient quelle pièce lui faire,
La harcelant à tout propos;
Elle était la butte ordinaire

71

De tous leurs quolibets et de tous leurs
                              [bons mots.

Elle avait le Dimanche un peu plus de
                              [repos;
Car, ayant du matin fait sa petite
                              [affaire,
Elle entrait dans sa chambre et tenant
                              [son huis clos,
Elle se décrassait, puis ouvrait sa
                              [cassette,
    Mettait proprement sa toilette,
    Rangeait dessus ses petits pots.
Devant son grand miroir, contente et
                              [satisfaite,
De la Lune tantôt la robe elle mettait,
Tantôt celle où le feu du Soleil éclatait,
    Tantôt la belle robe bleue
Que tout l'azur des Cieux ne saurait
                              [égaler,
Avec ce chagrin seul que leur traînante
                              [queue
Sur le plancher trop court ne pouvait
                              [s'étaler.

Elle aimait à se voir jeune, vermeille et
[blanche
Et plus brave cent fois que nulle autre
[n'était;
Ce doux plaisir la sustentait
Et la menait jusqu'à l'autre Dimanche.

J'oubliais à dire en passant
Qu'en cette grande Métairie
D'un Roi magnifique et puissant
Se faisait la Ménagerie,
Que là, Poules de Barbarie,
Râles, Pintades, Cormorans,
Oisons musqués, Canes Petières,
Et mille autres oiseaux de bizarres
[manières,
Entre eux presque tous différents,
Remplissaient à l'envi dix cours toutes
[entières.

Le fils du Roi dans ce charmant
[séjour
Venait souvent au retour de la Chasse
Se reposer, boire à la glace
Avec les Seigneurs de sa Cour.

Tel ne fut point le beau Céphale :
Son air était Royal, sa mine martiale,
Propre à faire trembler les plus fiers
                          [bataillons.
Peau d'Âne de fort loin le vit avec
                          [tendresse,
   Et reconnut par cette hardiesse
      Que sous sa crasse et ses haillons
Elle gardait encor le cœur d'une
                          [Princesse.

« Qu'il a l'air grand, quoiqu'il l'ait
                          [négligé,
      Qu'il est aimable, disait-elle,
      Et que bienheureuse est la belle
      À qui son cœur est engagé !
D'une robe de rien s'il m'avait honorée,
      Je m'en trouverais plus parée
      Que de toutes celles que j'ai. »

Un jour le jeune Prince errant à
                          [l'aventure
      De basse-cour en basse-cour,
      Passa dans une allée obscure

Où de Peau d'Âne était l'humble
[séjour.
Par hasard il mit l'œil au trou de la
[serrure.
Comme il était fête ce jour,
Elle avait pris une riche parure
Et ses superbes vêtements
Qui, tissus de fin or et de gros
[diamants,
Égalaient du Soleil la clarté la plus pure.
Le Prince au gré de son désir
La contemple et ne peut qu'à peine,
En la voyant, reprendre haleine,
Tant il est comblé de plaisir.
Quels que soient les habits, la beauté du
[visage,
Son beau tour, sa vive blancheur,
Ses traits fins, sa jeune fraîcheur
Le touchent cent fois davantage;
Mais un certain air de grandeur,
Plus encore une sage et modeste
[pudeur,
Des beautés de son âme assuré
[témoignage,
S'emparèrent de tout son cœur.

Trois fois, dans la chaleur du feu qui le
                              [transporte,
   Il voulut enfoncer la porte;
   Mais croyant voir une Divinité,
Trois fois par le respect son bras fut
                              [arrêté.

   Dans le Palais, pensif il se retire,
      Et là, nuit et jour il soupire;
      Il ne veut plus aller au Bal
      Quoiqu'on soit dans le Carnaval.
   Il hait la Chasse, il hait la Comédie,
Il n'a plus d'appétit, tout lui fait mal au
                              [cœur,
      Et le fond de sa maladie
      Est une triste et mortelle langueur.

Il s'enquit quelle était cette Nymphe
                              [admirable
      Qui demeurait dans une basse-cour,
      Au fond d'une allée effroyable,
      Où l'on ne voit goutte en plein
                              [jour.
« C'est, lui dit-on, Peau d'Âne, en rien
                  [Nymphe ni belle

Et que Peau d'Âne l'on appelle,
À cause de la Peau qu'elle met sur son
[cou;
De l'Amour c'est le vrai remède,
La bête en un mot la plus laide,
Qu'on puisse voir après le Loup. »
On a beau dire, il ne saurait le croire;
Les traits que l'amour a tracés
Toujours présents à sa mémoire
N'en seront jamais effacés.

Cependant la Reine sa Mère
Qui n'a que lui d'enfant pleure et se
[désespère;
De déclarer son mal elle le presse en
[vain,
Il gémit, il pleure, il soupire,
Il ne dit rien, si ce n'est qu'il désire
Que Peau d'Âne lui fasse un gâteau de
[sa main;
Et la Mère ne sait ce que son Fils veut
[dire.
« Ô Ciel! Madame, lui dit-on,
Cette Peau d'Âne est une noire Taupe
Plus vilaine encore et plus gaupe

Que le plus sale Marmiton.
– N'importe, dit la Reine, il le faut
[satisfaire
Et c'est à cela seul que nous devons
[songer. »
Il aurait eu de l'or, tant l'aimait cette
[Mère,
S'il en avait voulu manger.

Peau d'Âne donc prend sa farine
Qu'elle avait fait bluter exprès
Pour rendre sa pâte plus fine,
Son sel, son beurre et ses œufs
[frais ;
Et pour bien faire sa galette,
S'enferme seule en sa chambrette.

D'abord elle se décrassa
Les mains, les bras et le visage,
Et prit un corps d'argent que vite elle
[laça
Pour dignement faire l'ouvrage
Qu'aussitôt elle commença.

On dit qu'en travaillant un peu trop à
[la hâte,

De son doigt par hasard il tomba dans
                                        [la pâte
    Un de ses anneaux de grand prix;
Mais ceux qu'on tient savoir le fin de
                            [cette histoire
Assurent que par elle exprès il y fut
                                    [mis;
Et pour moi franchement je l'oserais
                            [bien croire,
Fort sûr que, quand le Prince à sa porte
                            [aborda
    Et par le trou la regarda,
    Elle s'en était aperçue :
    Sur ce point la femme est si drue
    Et son œil va si promptement
    Qu'on ne peut la voir un moment
    Qu'elle ne sache qu'on l'a vue.
Je suis bien sûr encor, et j'en ferais
                                [serment,
Qu'elle ne douta point que de son jeune
                                [Amant
    La Bague ne fût bien reçue.

On ne pétrit jamais un si friand
                            [morceau,

79

Et le Prince trouva la galette si bonne
Qu'il ne s'en fallut rien que d'une faim
[gloutonne
Il n'avalât aussi l'anneau.
Quand il en vit l'émeraude admirable,
Et du jonc d'or le cercle étroit,
Qui marquait la forme du doigt,
Son cœur en fut touché d'une joie
[incroyable;
Sous son chevet il le mit à l'instant,
Et son mal toujours augmentant,
Les Médecins sages d'expérience,
En le voyant maigrir de jour en jour,
Jugèrent tous, par leur grande science,
Qu'il était malade d'amour.

Comme l'Hymen, quelque mal qu'on
[en die,
Est un remède exquis pour cette
[maladie,
On conclut à le marier;
Il s'en fit quelque temps prier,
Puis dit : « Je le veux bien, pourvu que
[l'on me donne
En mariage la personne

Pour qui cet anneau sera bon. »
À cette bizarre demande,
De la Reine et du Roi la surprise fut
                        [grande;
Mais il était si mal qu'on n'osa dire
                        [non.

Voilà donc qu'on se met en quête
De celle que l'anneau, sans nul égard du
                        [sang,
Doit placer dans un si haut rang;
Il n'en est point qui ne s'apprête
À venir présenter son doigt
Ni qui veuille céder son droit.

Le bruit ayant couru que pour
                    [prétendre au Prince,
Il faut avoir le doigt bien mince,
Tout Charlatan, pour être bienvenu,
Dit qu'il a le secret de le rendre menu;
L'une, en suivant son bizarre caprice,
Comme une rave le ratisse;
L'autre en coupe un petit morceau;
Une autre en le pressant croit qu'elle
                    [l'apetisse;

Et l'autre, avec de certaine eau,
Pour le rendre moins gros en fait
                    [tomber la peau;
Il n'est enfin point de manœuvre
Qu'une Dame ne mette en œuvre,
Pour faire que son doigt cadre bien à
                    [l'anneau.

L'essai fut commencé par les jeunes
                    [Princesses,
Les Marquises et les Duchesses;
Mais leurs doigts quoique délicats,
Étaient trop gros et n'entraient pas.
Les Comtesses, et les Baronnes,
Et toutes les nobles Personnes,
Comme elles tour à tour présentèrent
                    [leur main
Et la présentèrent en vain.

Ensuite vinrent les Grisettes
Dont les jolis et menus doigts,
Car il en est de très bien faites,
Semblèrent à l'anneau s'ajuster
                    [quelquefois.

Mais la Bague toujours trop petite ou
[trop ronde
D'un dédain presque égal rebutait tout
[le monde.

Il fallut en venir enfin
Aux Servantes, aux Cuisinières,
Aux Tortillons, aux Dindonnières,
En un mot à tout le fretin,
Dont les rouges et noires pattes,
Non moins que les mains délicates,
Espéraient un heureux destin.
Il s'y présenta mainte fille
Dont le doigt, gros et ramassé,
Dans la Bague du Prince eût aussi peu
[passé
Qu'un câble au travers d'une
[aiguille.

On crut enfin que c'était fait,
Car il ne restait en effet,
Que la pauvre Peau d'Âne au fond de la
[cuisine.
Mais comment croire, disait-on,
Qu'à régner le Ciel la destine !

Le Prince dit : « Et pourquoi non ?
Qu'on la fasse venir. » Chacun se prit à
                                    [rire,
        Criant tout haut : « Que veut-on
                                    [dire,
De faire entrer ici cette sale guenon ? »
Mais lorsqu'elle tira de dessous sa peau
                                    [noire
Une petite main qui semblait de l'ivoire
            Qu'un peu de pourpre a coloré,
            Et que de la Bague fatale,
            D'une justesse sans égale
            Son petit doigt fut entouré,
            La Cour fut dans une surprise
            Qui ne peut pas être comprise.

On la menait au Roi dans ce transport
                                    [subit ;
Mais elle demanda qu'avant que de
                                    [paraître
        Devant son Seigneur et son Maître,
On lui donnât le temps de prendre un
                                    [autre habit.
        De cet habit, pour la vérité dire,
        De tous côtés on s'apprêtait à rire ;

84

Mais lorsqu'elle arriva dans les
                              [Appartements,
    Et qu'elle eut traversé les salles
    Avec ses pompeux vêtements
Dont les riches beautés n'eurent jamais
                              [d'égales;
    Que ses aimables cheveux blonds
Mêlés de diamants dont la vive lumière
    En faisait autant de rayons,
    Que ses yeux bleus, grands, doux
                              [et longs,
    Qui pleins d'une Majesté fière
Ne regardent jamais sans plaire et sans
                              [blesser,
Et que sa taille enfin si menue et si fine
Qu'avecque ses deux mains on eût pu
                              [l'embrasser,
Montrèrent leurs appas et leur grâce
                              [divine,
Des Dames de la Cour, et de leurs
                              [ornements
    Tombèrent tous les agréments.

Dans la joie et le bruit de toute
                              [l'Assemblée,

Le bon Roi ne se sentait pas
De voir sa Bru posséder tant d'appas ;
La Reine en était affolée,
Et le Prince son cher Amant,
De cent plaisirs l'âme comblée,
Succombait sous le poids de son
                              [ravissement.

Pour l'Hymen aussitôt chacun prit ses
                              [mesures ;
Le Monarque en pria tous les Rois
                              [d'alentour,
Qui, tous brillants de diverses
                              [parures,
Quittèrent leurs États pour être à ce
                              [grand jour.
On en vit arriver des climats de
                              [l'Aurore,
Montés sur de grands Éléphants ;
Il en vint du rivage More,
Qui, plus noirs et plus laids encore,
Faisaient peur aux petits enfants ;
Enfin de tous les coins du Monde,
Il en débarque et la Cour en abonde.

Mais nul Prince, nul Potentat,
N'y parut avec tant d'éclat
Que le Père de l'Épousée,
Qui d'elle autrefois amoureux
Avait avec le temps purifié les feux
Dont son âme était embrasée.
Il en avait banni tout désir criminel
Et de cette odieuse flamme
Le peu qui restait dans son âme
N'en rendait que plus vif son amour
        [paternel.
Dès qu'il la vit : « Que béni soit le
        [Ciel
Qui veut bien que je te revoie,
Ma chère enfant », dit-il, et tout
        [pleurant de joie,
Courut tendrement l'embrasser ;
Chacun à son bonheur voulut
        [s'intéresser,
Et le futur Époux était ravi d'apprendre
Que d'un Roi si puissant il devenait le
        [Gendre.

Dans ce moment la Marraine arriva
Qui raconta toute l'histoire,

Et par son récit acheva
De combler Peau d'Âne de gloire.
Il n'est pas malaisé de voir
Que le but de ce Conte est qu'un
                    [Enfant apprenne
Qu'il vaut mieux s'exposer à la plus
                    [rude peine
Que de manquer à son devoir;

Que la Vertu peut être infortunée
Mais qu'elle est toujours
                    [couronnée;

Que contre un fol amour et ses
                    [fougueux transports
La Raison la plus forte est une faible
                    [digue,
Et qu'il n'est point de si riches
                    [trésors
Dont un Amant ne soit prodigue;

Que de l'eau claire et du pain bis
Suffisent pour la nourriture
De toute jeune Créature,
Pourvu qu'elle ait de beaux habits;

Que sous le Ciel il n'est point de
                                    [femelle
    Qui ne s'imagine être belle,
  Et qui souvent ne s'imagine encor
Que si des trois Beautés la fameuse
                                    [querelle
    S'était démêlée avec elle,
    Elle aurait eu la pomme d'or.

Le Conte de Peau d'Âne est difficile à
                                    [croire,
Mais tant que dans le Monde on aura
                                    [des Enfants,
    Des Mères et des Mères-grands,
    On en gardera la mémoire.

TABLE

Peau d'Âne   7

Peau d'Âne, de Perrault   53

Composition Euronumérique
92120 Montrouge
pour le compte des Éditions Stock
31, rue de Fleurus, 75006 Paris

Achevé d'imprimer en mai 2003
sur presse Cameron
*par **Bussière Camedan Imprimeries***
à Saint-Amand-Montrond (Cher)
pour le compte des Éditions Stock
31, rue de Fleurus, 75006 Paris

Imprimé en France

Dépôt légal : juin 2003
N° d'Édition : 33652. N° d'Impression : 032377/1
54-02-5598-5
ISBN 2-234-05598-9